말에서 멀어지는 순간

걷는사람

시인의 말

한 걸음 물러서면 보이는 길
풍경을 좇다 그만 그 길을 놓쳤네
하지만 이쪽도 그리 나쁘진 않네
헤아리는 마음으로
피사체를 오래 들여다보면
신비 아닌 것이 없고
기도 아닌 것 없으니
당신 걸어간 그 길과
적요 무성한 이 길도
경계가 생략된 첨탑의 끝에서
이내 곧 만나게 될 터이니
남은 길 가야겠네

2023 봄
김훌

말에서 멀어지는 순간

봄, 꽃 한 송이 피우고 가는 일

가늠 • 10

어떤 시간 • 12

비울 수 없다면 고요히 • 13

산고 • 16

꽃의 기도 • 18

십자가의 길 • 19

소명 • 21

닭의장풀 • 22

다시 시절은 없다 • 23

생명의 부양자 • 24

새벽 기도 • 27

나를 키운 너의 틈 • 28

물방울 테라피 • 30

무지개나비를 찾아서 • 32

여름, 가뭇없이 밀려나는 먼 곳

수국이라는 북소리 • 38

분홍의 시간 • 39

죽화경 넝쿨장미 • 42

여기 보세요 • 44

맹목 • 46

허공족 • 48

파랑 친 세월 • 50

빈집 • 51

인연의 구간 • 52

엄마의 마음 • 54

쉼 • 58

꽃마중 • 59

걷는 사람들 • 62

가을, 어둔 맘 그러모아

걸음 중 의지 부분 • 67

슬픔의 바깥 • 70

스티그마 • 71

불새 • 72

갈대, 이별의 형태 • 73

만추 • 77

노스탤지어 • 79

가을볕을 줍는 오후 • 82

아름다운 동행 • 83

오리 가족 • 86

빛으로 들어가는 문 • 87

너는 내가 살고 싶은 나라 • 89

사이의 물리학 • 91

겨울, 내가 걸어야 할 당신이라는 길 ━━━

목련 촛불 • 94

보이지 않는, 길 • 96

설도항 • 98

노독을 씻다 • 100

궤적 • 101

눈 다람쥐 • 102

기억이 먼 곳을 더듬는 동안 • 104

타워크레인 • 106

금강송 오작교 • 107

저녁으로의 감정 • 108

덧없음의 친구 • 110

다시 봄, 눈부신 찰나를 가지고 있는

오늘로 말미암은, 첫 • 115

나무의 주름 • 117

생명은 무엇으로 사는가 • 118

수련 • 119

빨래하는 날 • 121

하트의 연금술 • 123

오래된 친구 • 125

흑백사진 • 127

남은 자의 기도 • 129

로고스 • 131

썰물 이후 • 134

신을 벗다 • 135

돌아보면, • 138

은륜의 시간 • 140

돌탑 • 143

오월의 등 • 144

발문

통찰의 힘은 어디서 오는가 - 김인자(시인) • 146

봄,
꽃 한 송이 피우고 가는 길

가늠

침묵의 구간이 없는 문장은 깊이가 없다죠
먼 곳을 갖고 있지 않은 사람도 마찬가지

어디에도 보이지 않은 거기의 당신과
여기의 나 사이
갑골의 시간을 가늠해보는 발자국

어떤 시간

아무도 모르는 곳에서 마음이 자랐습니다

귓불에 닿는 숨결이 발끝을 들어 올릴 때
파르르 떨리는 시간의 눈꺼풀

묶음의 결구를 지우며
마법 같은 향기 번져옵니다

비울 수 없다면 고요히

수북이 쌓이는 것들
한나절 쓸어봐도
마음은 비워지지 않아
문풍지 흔드는 바람 소리에
빈자리만 바라보네

산고

온몸의 솜털이 일어서는 일이죠

생살이 벌어지고
비명 따라 온몸의 관절이 훼절되는

더는 숨겨 가질 수 없는 당신의 빛이
내 중심에서 발현되는 순간입니다

꽃의 기도

꽃피우기까지의 순간은
제 안의 어둠을 지우는 시간이었습니다

서로의 목숨을 둘러 안고
기도로 밤을 새운 가슴

영원한 행복은
내 안에 하늘을 맞이하는 일이라
붉은 영광 아래 두 손을 모읍니다

십자가의 길

가던 길이 막히고
천 길 벼랑 놓여 있어도
나는 가리라

뿌리를 내렸으니
믿음으로 내딛는 걸음

이 길 끝에서
영광의 꽃 피워보리라

소명

나를 이곳에 두기로 했어요

산다는 건
꽃 한 송이 피우고 가는 일이니
버려진 땅에 꽃을 심는 일이니

당신은 가던 길을 가면 됩니다

닭의장풀

나는 빈 들의 소리예요
새벽의 노래예요

깊이 웅크린 어둠 속에서
두근거리는 생

이제 그만 어둠의 옷을 벗으라고
목청 돋워 홰를 칩니다

다시 시절은 없다

앞에도 꽃, 뒤에도 꽃,
부족한 지혜일랑 책에서 구하면 되지

다만 여기 입 가리고 앉아
꽃의 자세를 바라보는 시간

다시 시절은 없습니다

생명의 부양자

생명 하나 얻으려면
허리를 굽혀야 합니다

엎드려 북을 돋우고
다독여줘야 합니다

그러고는
딱딱한 제 몸피를 찢고
어둠을 밀어 올릴 때까지
잠잠히 기다려야 합니다

새벽 기도

단잠을 내어주는 일은 고통이지만
빛을 안고 가는 하루는 축복이라서

무거운 미명을 밀고 나와
은혜 안에 얼굴을 묻는다

나를 키운 너의 틈

세상 모든 틈은 생명의 출구

하늘이 무너졌을 때
솟아날 구멍이 되어 주었던 틈

나를 키운 건 너의 틈이었다

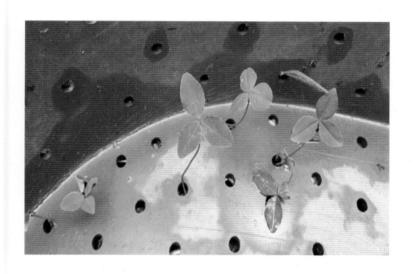

물방울 테라피

정한 마음에
못별을 들이고
모난 것은
모양이라도 버려야 했다

당신 몸에 박힌 가시들

남김없이 씻겨내기 위해

무지개나비를 찾아서

애야, 어딜 가는 중이니?

무지개나비를 찾고 있어요

무지개나비는 왜?

엄청 아름답게 날잖아요
저도 그렇게 날고 싶어요

그렇구나,
날개는 네 꿈을 먹고 자란단다
머잖아 너도
멋진 날개를 가질 수 있을 거야

여름,
가뭇없이 밀려나는 먼 곳

수국이라는 북소리

이것은 난해한 감정의 대방출

울음과 웃음이 합세하여
한나절 팽창시킨 고백이라네

음각으로 새겨놓은 상처의 바깥
눈물 한 덩이로 받드는 환희라네

둥둥, 북소리 울리며 둥근달 뜰 때
가뭇없이 밀려나는 먼 곳이라네

분홍의 시간

찻잔에 손가락을 끼우면

당신 눈빛 속으로 무수히 쏟아지는 별빛
지지 않는 약속을 하고 싶네요

부서지는 고통을 견뎌내는 향기로운 맹세로
지지 않는 약속을 하고 싶네요

삶이 와르르 무너지는 순간에도
굳건히 붙잡을 수 있는 반짝이는 이 믿음

초연히 영혼을 일으켜 세우는
우리가 마주 앉는 분홍의 시간

오므렸던 손을 펴고 손가락을 끼우면
당신과 힘이 되는 언약이 맺어지지요

죽화경 넝쿨장미

꿈이라 불리는 높이에 빛 들일 창을 내고

길도 없는 길을 가는 당신은 나를 휘감는 소용돌이

한 겹 어둠을 떼어내는 이 시간

덩굴의 잠 속에서 나지막이 내 이름 부르며
송이송이 어둠을 건너는 당신은

향기로 길을 트는 한 줄 미혹의 시

여기 보세요

산 그늘 내려오는
숲길에 앉아
그대에게 편지를 씁니다.
나무들 물 삼키는 소리
연둣빛 가쁜 숨소리에 가슴이 뛰는 계절
찔레꽃 꽃 진 자리에 그리움이 커가는데
그대는 잘 있는지요
봄 햇살 깊게 스미는 그곳에
몸빛 고운 영산홍 몸을 열어 보이고
성급한 낮달 머쓱하여 돌아앉는 해거름
먼 데서 흘러온 구름에 마음을 실어 봅니다
지금 돌아갈 길에는 조용히 흘러내리는 노을
그리움은 얼마나 긴 목을 가졌는지
그대여, 물이 괸 곳에 물안개 피거든
끄지 못한 내 마음인 줄 아세요

맹목

세상 모든 타협으로부터 멀기만 한
곧은 당신을 품는 일은
나를 꺾는 일이라서

눈먼 사랑을 완성하는 일이라서

마지막까지
나를 비웁니다

허공족

외줄 한 가닥 가지고 태어났다
공중을 딛고 사는 일은 줄을 가진 자의 숙명일까
발끝 아래 세상은 늘 위태로웠다

날마다 그물의 평수를 늘려봐도 걸리는 건 바람뿐
가끔 걸린 불가사리 같은 별들로 끼니를 때우며
분절된 시간을 잇고 이었다

발끝이 어둠에 가 닿는 저녁
중력을 거슬러 지상에 발을 디디면

탑을 쌓던 세상도 잠시 높이를 내려놓는다

파랑 친 세월

그늘을 밟고 달리는 나무의 자세는
곡선에 닿으려는 줄기찬 기도였다

자오선을 따라 계절의 바깥을 쉼 없이 돌던 아버지
쿵, 쓰러져 잘리고 나서야 알게 되었다

안으로 욱여넣은 파란의 세월

빈집

무성한 꿈이 지고 나면 보이는 것이 있다

붉은 소인을 앓던 귀가 담 밖을 기웃거리고
허물어진 꿈을 딛고 뻗어가는 가지에
늙은 아버지 주춧돌을 놓던 곳

날아오르던 것들의 날개를 묻어놓은 거기,

인연의 구간

나는 이쪽에서
너는 그쪽에서
마주 보고 걷자꾸나
먼 곳으로 뻗어가고 싶다면
미련 없이 보내주고
마지막 춤을 나와 함께 추고 싶다면
내미는 손 잡아주고
행여, 먼 훗날 엇갈린 채 지나거든
푸른 심장 자국
답신처럼 남겨놓자꾸나

엄마의 마음

바람에 홀씨를 날려 보내듯
손가락 끝으로 날려 보낸 사랑

마음 닿는 곳에서
생명은 자라납니다

쉼

육백 년을 거느린 느티나무 아래
노인들 앉아 쉬고 있습니다

굳은살 박힌 등걸이 휘도록
지고 온 짐 내려놓고

그늘을 늘리느라
부르튼 발등 어루만지며

꽃마중

꽃이 필 때면
사람의 마음도 피어납니다

몸 흔들어 보낸 향기로운 밀서가
당신 걸음을 재촉했을까요

마음 먼저 내보내니
붉은 주단 밟고 건너오세요

걷는 사람들

우리는 멈출 줄 모르는 엇각을 가졌다
그것은 산란하는 꿈을 좇기 좋은 진화의 방식

오른발 왼발, 유연한 생각의 활동을 위하여
길어도 짧은 인생의 숲길을 걷는다

산들바람은 줄곧 부드럽게 불고

어느 길로 가야 푸른 꿈에 빨리 닿을 수 있을
까
  걸음이 멈춘 곳에 직립을 누이고
  발바닥 경전을 온전히 반납할 수 있을까

  저마다 색다른 걸음을 가진 우리는
  남겨 줄 뒤를 끌고 걷고 또 걷는다

가을,
어둔 맘 그러모아

걸음 중 의지 부분
- 새벽기도를 마치고

어둔 맘 그러모아 십자가 아래 두고 가는 길

이 골목엔 바람을 딛는 걸음발
먼 길의 외투 같은 동행이 있다

은빛 바퀴를 끌고 넘는 가파른 새벽
등 뒤에 남은 길로 아침이 온다

슬픔의 바깥

달도 질 기미 없는 산기슭
허물처럼 메밀꽃 피었네
이별의 바깥은 너무도 희어
떠나는 이의 자세를 짐작할 수도 없네
물결 따라 고요는 산허리 휘감고
꽃잎은 톡, 톡,
아픔을 뱉어내네
아플수록 희게 웃는 꽃의 진실이여
덧없는 꿈을 꾸듯
기억의 그늘을 쓰다듬는 너를
고통의 무렵이라 해야 하나
슬픔의 바깥이라 해야 하나
돌아올 꿈도 기미 없는 산기슭
잠포록이 내려앉은 물안개 끌어 덮고
꿈 밖 흰 잠에 나는 드네

스티그마

꽃의 시간을
왜 버려야 하는지 묻지 말길

앉은 자리가 꽃자리라는 걸 잊지 말길

죽어도 죽지 않는 생

감꽃 지는 날엔 홀로 사무치길

불새

순간 안엔 영원으로 열리는 틈이 있다

흩어진 시간을 끌어모아 날개를 만들고
기염을 토하듯 비상하는 불새

저녁의 시차를 더듬던 부리 앞세워
눈부시게 순간을 난다

갈대, 이별의 형태

그러니까, 누군가 갈 때,
마음 없는 자리엔 마른 울음만 남게 되지
흔들림만 남지
편도선은 벌겋게 부어오르고
갈대는 흔들리지
그러니까,
당신이 나를 떠나갈 때,

만추

모두 떠나고 난 뒤에야
당신도 바람이었다는 것을 알게 되었습니다

미련과 해탈 사이로
무리 지어 방황하던 청춘의 한때가
작은 씨톨에서 시작되었을 나무의 꿈들이
떠밀려가고 있습니다

바스락, 마지막 한 줌 뼛조각 바스러지는 소
리로
이젠 모든 바람의 기억을 지웁니다

노스탤지어

제 몸을 휘돌아나간 것으로
젖은,
날개를 말리고 있는 가슴 흰 새 한 마리
저 새는 날개가 무거운 것이다

아니,
지워도 지워지지 않는 기억이 남긴
그늘,
그 아래로 누군가를 불러들이고 있는 것이다

붉어지는 것들의 지점엔 그리움이 있다
오랜 응시가 있다

가을볕을 줍는 오후

빨래돌 고슬거리는 오후 세 시

광야를 지나는 인생들
만나를 줍듯 가을볕을 줍고 있다

값없이 내린 햇살을 모아
긴 겨울 한 줌씩 꺼내 쓰려고

아름다운 동행

길을 나섭니다
다정히 손잡아주는
그대가 있어
실의의 구간마다
햇살 같은 그대가 있어
발을 맞춰 길을 갑니다

걸을수록 좁혀지는 틈

바람은 산들 불어와
눅눅한 마음 말리니
더없어라, 아름다운 밀도

오리 가족

철모르는 어린 새끼들은
노숙의 문양이 새겨진 일렁임으로도
수면을 물들이는 노을빛으로도
저녁이 온다는 걸 이해하지 못하는데

저기, 철학자의 걸음으로 오는 저녁
빈자리 앞에서 멈칫거린다

빛으로 들어가는 문

간신히, 골짜기를 지나왔으나
빛은 부재중이었네
무성해진 절망에 압도되어
어둠의 살을 발라 먹고 동굴 속에 머물까도 했네
하지만 내 슬픔은 굴광성
결핍의 날을 견디자 어둠은 길 하나를 내어줬네
이제 나 당신의 깊이를 지나왔으니
빛의 문으로 들어갈 수 있겠네

너는 내가 살고 싶은 나라

연둣빛 발음으로 나를 부르는
너는 내가 살고 싶은 나라

예쁜 손을 가진 별들 반짝이기 좋은
까만 눈동자, 은하수 속에서도 찾을 수 있는
너는 내가 살고 싶은 나라

어디서고 두 손 들고 달려와
태고의 숨을 먹고 배운 말로
가지 마, 붙잡는 너는,
너는 내가 머물고 싶은 나라

영주권이 없어 정주할 수 없는 내가
열 하룻길을 걸어 깃발을 꽂고
울타리가 되어 세우고 싶은 나라

너는 내가 영원히 살고 싶은 나라

사이의 물리학

독과 약 사이,
살과 뼈 사이,
아찔한 간극을 더듬는 혀끝이 짜릿하다

짜릿한 두근거림이 좋아
파도를 열고
밀려왔다가 밀려가며 보냈던 날들

어느 사이
시간의 물결은 여기까지 날 데려왔구나

독살 위에 앉아
갈매기들 즐거운 만찬을 기다리는 사이
물길은 아찔한 벼랑이 되고

독 안에 이는 잔물결

곡선에 매몰된 지느러미 파닥인다

겨울,
내가 걸어야 할 당신이라는 길

목련 촛불

험한 세상, 당신을 지켜주고 싶어
겨우내 촛불 하나 빚었지요

마음 깊은 곳의 어둠 거둬주고 싶어
조각난 빛까지 그러모으던 열심

혹한의 시간을 꼬아 만든 심지로
당신 발등의 빛이 되어
어둠의 둘레를 밝혀 줄게요

보이지 않는, 길

모든 길이 사라지니
어렴풋이 보인다

내가 걸어야 할
당신이라는 길

설도항

헛심에 목이 타는 아버지

떠나간 등만
길게 보고 왔습니다

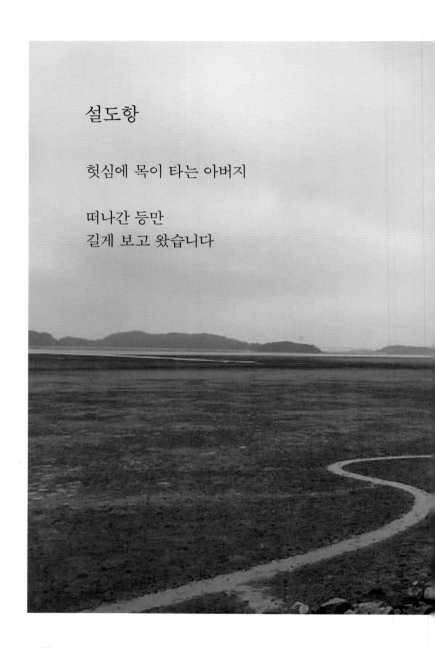

노독을 씻다

저물녘 강에 씻은
누구의 노독인가,

빈손의 여운이 길고도 붉다

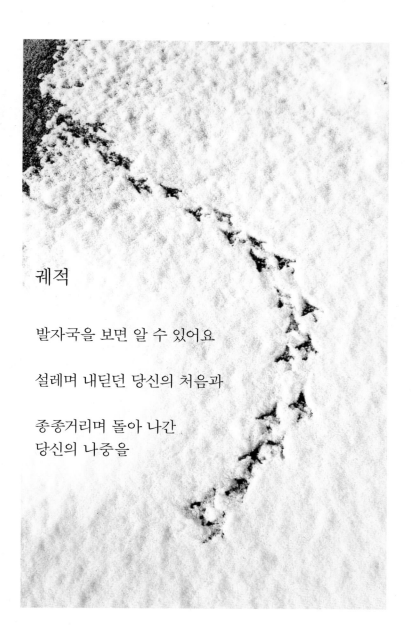

궤적

발자국을 보면 알 수 있어요

설레며 내딛던 당신의 처음과

종종거리며 돌아 나간
당신의 나중을

눈 다람쥐

도토리는 어디에 있을까

정오가 되기 전에

겨울 숲으로 돌아가야 하는데

기억이 먼 곳을 더듬는 동안

사라진 이름으로 두 눈을 닦으면
떠나간 새들이 돌아올까

푸르던 질문들은 밀랍처럼 굳어가고

불빛을 흘리는 창문으로
저녁은 돌아오는데,

타워크레인

저기, 하늘을 휘젓는 손을 좀 봐

꼴랑, 기댈 곳이라고는
허공밖에 없는 그가
막다른 곳에서도
세상을 발밑에 두던 그가
귀를 닫아걸고
일생 무너져내린 그늘을 일으켜 세우려
고원무림 적막에 든 그가
성한 손 하나 곧추세워
꿈이 헛도는 빈터를 휘젓는,

금강송 오작교

벼랑을 품고
천년을 견디었다는 솔

허공을 향해 거꾸로 제 몸을 심는다

그대 어찌,
이 깊고 푸른 강을 건너올까 하여

저녁으로의 감정

어둠이 날 가려줬으면 하던 때가 있었지
짓고픈 죄가, 덮고픈 죄가 많아,
모포처럼 날 둘러줬으면 하던 때가 있었지

나뭇가지에 걸린 채 그렁이는 저 눈동자
그 앞에, 어떤 날은 한없이 가벼워 괴롭고
어떤 날은 한없이 무거워 괴로운
빛이 지는 이즈음

지우고 싶어도 지워지지 않는 것들과
지우기 싫어도 지워지는 것들로 버거운 마음으로
저녁이 와서
눈 감아 주는 신의 자비 같은
어스름이 내려와서

덮어놓은 것들을 들추는 아침이 올 때까지

한 점 평안의 쉼표에 나를 누이지

덧없음의 친구

너는, 비워둠으로써
차오르게 하는 내면의 풍경

네발의 굳은 의지로
종일 바깥을 떠도는 비의를
하릴없이 기다리는
덧없음의 친구

다시 봄,
눈부신 찰나를 가지고 있는

오늘로 말미암은, 첫

오랫동안 뒤섞인 어둠이 나의 태초예요
모든 것이 뒤죽박죽
웃음기라고는 찾아볼 수 없었죠
달아나는 것들로 세상은 어렴풋해지고
체화된 먹빛은 날 더 움츠리게 했어요
깊음은 또 다른 깊음을 부르고
상실은 자꾸만 헛된 노래를 불러
말 못할 감정을 부추기는데
저기 먼 산을 뚫고 오는
싱싱한 빛의 기척
주저 없이 그림자를 털고 날아올랐죠
당신으로 말미암은 나의 첫,
다시 명하고픈
눈부신 태초예요 오늘은

나무의 주름

얼굴을 보지 않아도 알겠어
얼마나 많은 바람을 달고 살아왔는지
툭, 누군가 던진 돌덩이 가슴에 안고
파랑 치는 물살을 건너왔는지

생명은 무엇으로 사는가

엄마 잃은 슬픔을
달래줄 수 있다면
쪼그라진 내 빈 젖일랑은
얼마든지 내어 줄게

수련

꽃잎 하나 띄웁니다.
흐르는 시간의 그림자를 잡을 것입니다.

설핏설핏 잇닿는 기억 저편
설운 상처 일렁일 때마다
하늘빛 염원을 오롯이 접어
정한 당신의 웃음에 들 것입니다

빨래하는 날

허리 펼 날 없이 살던 어머니
야윈 늑골에서 철썩이는 파도 소리 들린다

질척이는 생의 구간을 건너오는 동안
가랑이에 들러붙은 뻘들

밀물이 밀려와 반나절 문지르고 나니

쪽빛으로 거듭난 파도의 푸른 천

하트의 연금술

공허와 허공 사이
그 무참한 결계에서 웅크린 인생을 위해

침묵으로 동굴을 만드는
고독한 사피엔스를 위해
협상이 결렬된 세상의 모든 을乙을 위해

눈물에 별빛을 채우는
능란한 하트의 연금술

오래된 친구

오메, 여그가 어디라고 왔당가

잘 있었능가

인자, 나도 내 길을 가얄랑갑서
그럴라믄
자네 얼굴은 한번 보고 가야제

흑백사진

추억이라 써놓고
구겨지지 않는 시간이라고 읽는다

순간과 영원의 프레임 속에서
엄마는 웃고

금방이라도,
박제된 웃음소리 쏟아질 것 같은
흑백의 오후

남은 자의 몫이 버거워
한발을 슬쩍,
빛바랜 모서리에 걸친다

남은 자의 기도

누군가
간절하게 살고팠던
이 하루를 맞이했으니
허투루 흘리지 않게 하소서

오늘을 내게 남기고 간
그를 기억하게 하소서

로고스

한 걸음도 나아갈 수 없어서
고요히 앉아 말씀을 읽습니다
침묵 속에 나타난 신의 현현
소리 없는 목소리엔 드레가 있어
곧추세운 허리 납작 엎드리게 하고
혀끝에 장착한 가시를 벗게 합니다
꺾인 자리마다 길을 내는 로고스
가만, 어둠을 열고
꽃 한 송이 얼굴을 내밀고 있습니다

썰물 이후

물 빠진 포구에 나 서 있네
한동안은 물 없이 살아야 하는 것들과
한순간도 물 없이는 살 수 없는 것들이
펄떡이며 초연하게 조금을 견디고 있네

물결은 어디쯤 흘러서 갔겠는데
썰물을 따라잡지 못한 보리숭어 한 마리
돌 틈에 끼인 채 밀려가는 것들 바라보고 있네

까만 씨앗 같은 두 눈을 뜨고
이렇다 할 소리 들을 수 없는
무망한 깊이에 홀로이 잠기고 있네

신을 벗다

눈부신 찰나를 가지고 있는 것들은
말에서 멀다

그러는 까닭에

나는 세상 모든 꽃을 내려놓고
신을 벗는다

돌아보면,

무언가에 간절해지는 이 시간

새 한 마리 맨발로 밑줄을 긋고 떠나고
나는 산 같은 마음에나 닿아서

긴 세월 꿋꿋이 한자리에 서 있는
성자 같은 당신 마음에나 닿아서

어둠도 힘이었습니다

은륜의 시간

하늘과 바람과 나무와 햇살

눈부신 것들과 숲길을 걷는다
저마다의 시선은 달라도
비탈을 오르는 마음은 하나

서로에게 닿으려는 동그라미 안에서

돌탑

가장 안쪽을 돌아 나온 마음입니다

기운 생을 받드는 고요한 능동입니다

하늘을 향해 부르짖는 직립의 기도

쓰러진 것들의 사무친 노래입니다

남겨짐, 그 후

기다림을 견디는 침묵의 바깥입니다

오월의 등

시간이 흐른 뒤에야
알게 되는 것이 있습니다

시간이 흘러도
알지 못하는 것이 있습니다

사랑,
그 무구한 깊이에서 피는 꽃의 진실과
청춘의 높이에서 조락한 꽃의 내력

월식으로 지워진
오월의 등이 무겁습니다

통찰의 힘은 어디서 오는가

김인자(시인)

영혼을 위무하는 시가 있고 몸이 반응하는 시가 있다면 내가 읽은 김휼의 시는 후자다. 몸은 가장 원초적이고 본능적이어서 영혼 위에 거하며 어떤 경우라도 위증의 염려가 없으니 이보다 정직한 것이 있을까 싶다.

나는 지금껏 한 가지를 오래 생각하는 것을 '기도'라 정의해 왔다. 하면, 시인이 시를 쓸 때의 마음 역시 크게 다르지 않을 거라 믿는다. 그랬을 때 그의 삶은 '기도'와 '시' 둘로 압축된다. 하지만 시인은 다른 이를 위해 기도하느라 정작 지친 자신을 도닥이는 일은 뒷전이다. 예외가 있다면 시를 쓰는 시간일 것이다. 나는 그가 구체적으로 어떤 기도를 하는지 알 수 없지만 어떤 마음으로 시를 대하는지는 알 것 같다.

직관과 통찰은 어디서 오는가, 자신의 슬픔을 알아야만 타인의 고통을 껴안을 수 있다는 듯 그의 시 세계는 허무로 지은 공중누각이 아니라 본류에 닿아 있다. 내가 사소한 감정에 끌려 슬픔으로 대처하는 것들을 그는 어머니 품 같은 기도로 대신한다. 그에게 시란 그분의 심장에 귀를 기울이고 나누는 영혼의 대화에 가깝다. 시공을 초월한 묵은 소재를 다룰 때조차 신선도 유지는 물론 전혀 구투스럽지 않은 시어 선택의 의외성도 주목할 만하다.

시집을 읽는 동안 '시인을 키운 건 틈이었다는 고백'
의 말을 나는 깊이 생각하게 되었다. 그러고 보니 나
또한 넓은 무대에서도 '틈'으로 세상을 보았고 그 틈
을 예찬하던 때가 있었다. 시인에게 틈은 절망의 순
간에 나타나는 비상구며 인공호흡이며 심폐소생술일
지도 모른다. 하지만 그보다 중요한 것이 있다면 틈
은 빛이 들어오는 길이라는 것.

이 책은 간결한 이미지의 시편들과 누구나 일상에서
마주하는 친근한 풍경을 함께 감상할 수 있는 '사진
시집'이다. 그의 시를 알기에 당연한 듯 시의 독주를
예상했으나 나의 염려는 기우였다. 시는 사진을 외면
하지 않았고 사진 또한 시를 낯설게 하지 않았으니
이 책을 손에 쥔 독자는 한 번에 두 마리 토끼를 잡
는 셈이다.

마지막 페이지를 덮고 난 후 극도로 말을 아낀 한 편
의 시 앞에서 나는 그만 무릎을 꿇고 말았다.
거기 그분이 계셨다.

눈부신 찰나를 가지고 있는 것들은
말에서 멀다

그러는 까닭에

나는 세상 모든 꽃을 내려놓고
신을 벗는다

— 「신을 벗다」 전문

147

말에서 멀어지는 순간

2023년 2월 28일 1판 1쇄 찍음
2023년 2월 28일 1판 1쇄 펴냄

지은이 | 김휼
펴낸이 | 김성규
편   집 | 조혜주 한도연 김채현
펴낸곳 | 걷는사람
주   소 | 서울특별시 마포구 월드컵로16길 51 서교자이빌 304호
전   화 | 02-323-2602
팩   스 | 02-323-2603
등   록 | 2016년 11월 18일 제25100-2016-000083호

ISBN 979-11-92333-66-3 04810
ISBN 979-11-92333-52-6 (세트)